14 décembre 1857

exemplaire de Beurdeley père

CATALOGUE

DES

TABLEAUX

DES ÉCOLES

FRANÇAISE, HOLLANDAISE ET FLAMANDE

FORMANT LA COLLECTION

de Mme la Maréchale Duchesse DE RAGUSE

ET DONT LA VENTE AURA LIEU APRÈS SON DÉCÈS

A PARIS

Hôtel des Commissaires-Priseurs

rue Drouot, 5

SALLE N° 5, AU 1er ÉTAGE.

Les lundi 14 et mardi 15 décembre 1857

A UNE HEURE

Par le ministère de **M° A. PERROT,** commiss.-priseur,
Quai des Augustins, 55 ;

Et de **M° Charles PILLET,** son confrère.
Successeur de M° Bonnefons de la Vialle,
Rue de Choiseul, 11 ;

Assistés de **M. Mennechet,** rue Grange-Batelière, 12

———o·§o·o———

EXPOSITION PARTICULIÈRE LE SAMEDI 12 DÉCEMBRE 1857
de 1 heure à 4 heures.

EXPOSITION PUBLIQUE le dimanche 13, de midi à 4 heures.

Conditions de la Vente

Elle sera faite au comptant.

Les acquéreurs paieront cinq pour cent en sus des adjudications, applicables aux frais.

LE CATALOGUE SE DISTRIBUE :

A **Paris**... chez MM. PERROT, quai des Gr.-Augustins, 55.

 — CH. PILLET, rue de Choiseul, 11.

 — MENNECHET, rue Grange-Batelière, 12.

A **Lille**............ TANCÉ.

A **Londres**....... PHILLIPS, New-bond Street, 73.

 — SMITH fils, New-bond Street, 137.

 — CHRISTIE et MANSON, King-street Saint-James Square.

A **Bruxelles**...... ÉTIENNE LEROY, pl. du Grand-Sablon, 12.

A **Rotterdam** .... A. LAMME, artiste peintre.

A **Vienne** .... ARTARIA et Cⁱᵉ.

A **Berlin** .... SACHSÉ et Cⁱᵉ.

Paris. — Imprimé chez Bonaventure et Ducessois, 55, quai des Augustins.

Presque tous les tableaux décrits dans ce catalogue proviennent du cabinet d'un homme dont le nom est célèbre parmi les amateurs d'objets d'art et de curiosité, M. le comte Perregaux, père de madame la duchesse de Raguse. Ils ont été choisis avec un goût parfait, et tous ceux de l'école française ont été achetés directement par M. Perregaux aux artistes eux-mêmes ; aussi pouvons-nous dire que cette école en particulier est représentée par les maîtres les plus recherchés du dernier siècle et du nôtre, tels que Greuze, Joseph Vernet, Leprince, Boilly, Bilcoq, Hubert Robert, Taunay, Sweback, Demarne, Van Spaendonck et le baron Regnault. Chacun de ces maîtres semble avoir livré à M. Perregaux un morceau de prédilection ; c'est ainsi que des deux têtes de Greuze qui font partie de cette vente , et qui sont d'ailleurs, l'une et l'autre, d'un sentiment admirable, il en est une dont la beauté est tout à fait exceptionnelle, et dont la qualité de peinture est vraiment exquise ; c'est la tête du jeune homme effrayé de la *Malédiction paternelle*; le génie de Greuze n'est jamais allé plus loin ni dans l'expression ni dans la touche. Les Robert sont également hors de ligne ; ce ne sont pas de ces vues composées de fantaisie, dans lesquelles on est surpris de rencontrer des statues antiques bien connues au milieu d'un lavoir, le Panthéon de Rome au bord d'une rivière, et d'autres singularités de ce genre; ce sont des ruines prises sur nature et rendues avec beaucoup de pittoresque et de verve.

Les tableaux de Taunay sont encore des plus variés et des mieux choisis , quelques-uns sont exécutés avec une telle finesse , dans de très-petites dimensions et dans le goût flamand, qu'on croirait voir des Berghem en miniature ; d'autres au contraire représentent des sujets italiens, avec des figurines de style au milieu d'un paysage classique. Quant à Demarne dont le talent inégal a produit des œuvres quelquefois faibles et minces, il figure ici avec honneur au milieu des peintres français de son temps; sa Foire aux Bestiaux et ses Trois Paysannes rappellent les maîtres les plus estimés.

Les amateurs verront encore à la vente de madame la duchesse de Raguse, de belles marines de Joseph Vernet, une Tempête, des Baigneuses, un Incendie, c'est-à-dire qu'ils y trouveront le grand peintre sous les différents aspects de son talent. Un délicieux Bouquet de Van Spaendonck, de la touche la plus délicate, pourra leur tenir lieu de Van Huysum, et parmi les nombreux tableaux de Sweback, ils seront certainement surpris d'en voir un qui, par extraordinaire, a tout le charme d'un Wouvermans.

Mais de tant d'artistes français, il en est un qui attirera l'attention, parce que ses ouvrages sont aussi rares que charmants, c'est Le Prince. M. le comte Perregaux aimait particulièrement les quatre tableaux qui sont décrits sommairement dans ce catalogue, et à la manière dont il les a choisis, l'on peut juger de la pureté de son goût. Jamais Le Prince n'a eu plus d'esprit ni une touche aussi légère ; jamais il n'a représenté des sujets plus piquants que son *Marchand d'Esclaves*, ou sa *Récréation champêtre*, jolies compositions où le curieux des costumes moscovites s'ajoute à l'intérêt de l'action et à l'agrément d'une peinture leste et facile.

Madame la duchesse de Raguse ne possédait que fort peu de tableaux de l'école hollandaise, mais, dans le nombre, nous devons citer une Vue d'Amsterdam de Van der Heyden, qui est certainement un échantillon de la précieuse manière de ce maître si recherché ; et un très-beau Berkeyden représentant une Vue du Dam.

En somme, la collection que nous offrons au public se recommande par l'authenticité de peintures qui, depuis qu'elles sont sorties des mains de l'artiste, n'ont eu qu'un seul propriétaire, et qui, réunies par un amateur tel que M. le comte Perregaux, portaient déjà la garantie d'un bon choix et d'une excellente qualité.

A. MENNECHET.

Aucun tableau étranger à la succession de Mme la duchesse de Raguse n'a été admis à cette vente.

Désignation

DES

TABLEAUX

ÉCOLE FRANÇAISE.

BIDAULT.

1. —   Paysage boisé.

Les fonds sont montagneux, et on voit une chute d'eau dans le milieu du tableau ; un homme, une femme et un enfant précédés d'un chien traversent un gué.

BILCOQ.

2. —   Le Médecin aux urines.

Ce tableau est un des plus importants et de la meilleure qualité du maître.

BOILLY.

3. — Intérieur de chambre à coucher.

Une jeune femme appuie ses deux mains sur une porte pour empêcher d'entrer, tandis qu'un homme s'enfuit. Cette scène rappelle le *Verrou* de Fragonard.

DU MÊME.

4. — Intérieur de cour.

Dans un petit chariot traîné par un chien, sont assis trois enfants qui jouent sous les yeux de leur mère. L'un d'eux lutine un petit épagneul blanc.

BONNEFOND (DE LYON).

5. — Le Marchand de coco.

Ce tableau est extrêmement fini comme ceux de l'école de Lyon, dont M. Bonnefond était un des peintres les plus renommés.

DU MÊME.

6. — La Maison en ruines.

Un petit savoyard et sa sœur, qui est à genoux, sont en prière devant les décombres d'une maison située au milieu des montagnes.

BRUANDET.

7. — Lisière d'une forêt.

Sur le devant on voit un chemin où passe une charrette traînée par un âne.

CASANOVA.

8. — Convoi militaire.

Des cavaliers traversent une campagne déserte.

COUPIN DE LA COUPERIE.

9. — Raphaël et la Fornarina.

DAVID (Louis).

10. — Une tête de femme (*dessin*).

DANDRILLON.

11. — Vue de Rome.

Paysage avec personnages sur le devant du tableau.

DELARIVE.

12. — Un Marché aux chevaux.

DEMARNE.

13. — Une Foire aux bestiaux.

Charmant petit tableau plein d'animation et de gaieté. On y reconnaît la condition de chaque personnage à ses gestes, à sa physionomie, à son accoutrement ; on distingue le vendeur de l'acheteur, le cultivateur d u marchand , le maquignon du toucheur de bœufs. La foire se tient auprès d'une route, entre deux auberges, des buveurs sont attablés sous une tente à droite ; sur le devant, au pied d'un grand arbre, sont groupés des bœufs, des moutons, des chèvres, des porcs, dont le marché vient de se conclure entre deux paysans, la main dans la main ; tous les détails de ce fin tableau sont pleins d'esprit, de grâce et de vérité.

DEMARNE.

14. —   Les Trois paysannes.

L'une donne le sein à un enfant, l'autre est occupée à coudre, et la troisième dévide du fil ; un paysan monté sur un âne cause en souriant malicieusement avec l'une d'elles ; ce tableau a tout le charme d'une peinture hollandaise.

DU MÊME.

15. —   Enfants jouant à la balançoire.

On voit près d'eux un mouton, un agneau et deux vaches.

DU MÊME.

16. —   Le Passage du gué.

Un homme attache sa guêtre ; près de lui une femme tient un enfant dans ses bras ; une vache et une chèvre vont passer un gué.

DU MÊME.

17. —   Pendant du précédent.

Berger et Bergère gardant une vache et une chèvre.

A. DESMOULINS.

18. —   Sujet historique.

La duchesse de Norfolk remettant à Élisabeth l'anneau du comte d'Essex.

EISEN.

19. —   L'École des garçons.

Un maître d'école tient une férule au milieu d'un groupe d'enfants qui étudient ; ce tableau et le suivant sont assez curieux comme étant d'un artiste qui n'est guère connu et qu'il ne faut pas confondre, croyons-nous, avec le célèbre dessinateur de vignettes Eisen ; au surplus, il ne se ressemble pas à lui-même dans cette circonstance, car il a voulu faire deux pastiches d'Ostade.

DU MÊME.

20. —   L'École des jeunes filles.

Une religieuse tient une verge et se dispose à châtier une petite fille à genoux devant elle.

Mlle GÉRARD.

21. —   Scène de famille.

Un père tient son enfant dans ses bras, la mère les regarde tendrement, et derrière elle une jeune femme apporte deux colombes.

J. B. GREUZE.

22. — Tête de jeune homme.

Son regard exprime l'étonnement et l'épouvante; il est vêtu d'un habit d'un gris bleuâtre, la peinture en est d'une qualité admirable et rare : c'est l'étude en grand d'une des plus belles figures de la *Malédiction paternelle*. Nous n'hésitons pas à dire avec tous les connaisseurs qui l'ont vue, que cette tête est un chef-d'œuvre.

DU MÊME.

23. — Tête de jeune fille.

Elle a un ruban bleu dans les cheveux, et un mouchoir blanc sur les épaules; l'expression de la physionomie est douce et naïve. Greuze a peint cette figure avec amour dans une manière mixte qui n'est ni trop fondue ni trop heurtée, avec des empâtements modérés et délicats.

GREUZE (d'après).

24. — L'enfant au petit chien.

C'est une ancienne et jolie copie du fameux tableau qui était dans le cabinet du duc de Choiseul.

GRANET.

25. — Tentation de Saint Antoine.

Des femmes lascives sont entrées dans sa grotte et en descendent l'escalier, mais le cénobite tourne ses regards vers le crucifix pour échapper à la tentation ; la porte de la grotte laisse apercevoir la campagne de Rome vivement éclairée par le soleil. L'expression des figures est obtenue au moyen de quelques touches données avec une rudesse apparente, mais avec la sûreté d'un maître.

Mᵐᵉ HAUDEBOURG LESCOT.

26. —   Le Montreur de marionnettes.

L'artiste s'est servi, comme à son ordinaire, de costumes italiens qui ajoutent ici un intérêt de plus à la scène, d'ailleurs spirituellement conçue et fort bien exécutée.

HILAIRE.

27. —   Paysage.

Vue d'Asie avec des personnages du pays.

DU MÊME.

28. —   Pendant du précédent.

Même genre de composition.

DU MÊME.

29. — Une fontaine qui sépare l'Asie de l'Eu…

LE PAON (1778).

30. — Bataille et effet d'incendie.

Deux tableaux faisant pendants.

Le Paon avait le titre de peintre de batailles de Monseigneur le pri… Condé; il fut quelque temps en rivalité avec Casanova.

LEBEL (Signé).

31. —   Le petit Polichinelle.

Un petit garçon joue avec un polichinelle placé sur une table où il y a des cartes.

Mme LEBRUN.

32. —   Portrait de Mlle Duthé.

Elle tient un tableau dans les mains, et elle a un genou appuyé sur un canapé bleu où se trouvent des livres.

J.-B. LE PRINCE.

33. — Une fête de village au temps de Louis XVI.

Composition capitale.

Vers le milieu du tableau des dames élégantes et en riche toilette, dont une tient un parasol bleu, sont groupées derrière la baraque d'un charlatan forain qui montre ses drogues à la foule ; à droite un colporteur endimanché offre des rubans au châtelain et à la châtelaine qui se promènent à cheval ; sur un plan éloigné s'élève un théâtre de planches adossé à des arbres, et sur lequel Paillasse, Arlequin et le docteur Pantalon exécutent une parade. Vers la gauche, à la même distance, on aperçoit une danse de villageois et de joyeux couples assis sur l'herbe.

Le tableau est signé Le Prince, 1777.

J.-B. LE PRINCE.

34. — Le marchand d'Esclaves.

Pendant du précédent.

Sous une tente, on aperçoit dans la demi-teinte, une femme nue, dont le marchand exhibe les charmes à un oriental en turban, sans doute un recruteur du sérail; d'autres houris vêtues richement sont assises sous la tente et à la porte avec un petit nègre. En dehors de la tente, un turc paye le prix de l'esclave qu'il vient d'acheter, tandis que des baladins font de la musique pour attirer les chalands. La scène se passe aux environs de Moscou, dont on voit au loin les dômes et les minarets. A droite, au pied d'un obélisque, sont groupées des tentes sous lesquelles se font divers genres de commerce rappelant le climat, les denrées et les usages du pays. Le devant est égayé par des combats de chiens, et garni d'accessoires charmants.

Le tableau est signé Le Prince, 1778.

DU MÊME.

35. — La Danse russe (*tableau ovale*).

Auprès d'une tente dressée sur la gauche, un personnage revêtu de l'ancien costume des moscovites, une main sur la hanche, un bras levé, un pied en l'air, danse avec une jolie paysanne, au son d'une guitare et d'un violon. Autour d'eux sont groupés des spectateurs assis; sur le devant, à droite, on remarque un homme vu de dos qui semble inviter une jeune fille à danser, il a la tête rasée, sauf une petite touffe de cheveux sur le haut du crâne; on aperçoit dans le fond une autre tente sous des arbres.

Le Prince a gravé lui-même ce joli tableau en 1769, un an après l'avoir peint; il est en effet signé : Le Prince, 1768.

J.-B. LE PRINCE.

36. — La Récréation champêtre.

Autre tableau ovale pendant du précédent.

A en juger par le ton du ciel, le caractère des fabriques, et certaines coiffures de femmes, c'est un paysage russe dans lequel sont distribuées douze ou quinze figures. Ici ce sont deux enfants qui en traînent deux autres dans un petit chariot; là bas, ce sont deux jeunes filles qui sautent sur une bascule, et font plaisir à voir dans leur naïve frayeur.

Ce tableau est également signé Le Prince, 1768.

L.-P. DE LOUTHERBOURG.

37. — Le Départ.

Une nombreuse société monte dans un canot pour rejoindre un grand navire qu'on aperçoit en pleine mer. Loutherbourg dans ce tableau est pour le moins aussi intéressant que J. Vernet, peut-être même l'a-t-il surpassé par la richesse et la chaleur de ses tons qu'il a su varier de la façon la plus agréable.

DU MÊME.

38. — Effet de clair de lune.

A droite s'élève un phare.

MEYNIER.

39. — Le Repos.

Femme nue étendue sur des draperies; un homme la regarde à travers des feuillages.

REGNAULT (LE BARON).

40. —   Sujet allégorique.

Une femme, à demi nue, met le doigt sur la bouche de l'Amour, et lui tient les ailes de l'autre main.

DU MÊME.

41. —   Composition du même genre.

Une femme assise dans un fauteuil caresse le menton de l'Amour.

Ces deux tableaux ont été gravés.

ROBERT (HUBERT).

42. —   Le pont.

Vue d'un grand pont d'une seule arche qui occupe tout le tableau, et sur lequel s'élève un château-fort en ruines, changé en habitation rustique; au-dessus des créneaux sont plantés des poteaux qui portent une vigne. Sur le pont, dont le parapet de pierre est à moitié détruit et remplacé par des solives, on voit passer une vache, et dessous, des blanchisseuses lavent ou étendent leur linge. Ce morceau est de l'exécution la plus admirable et du plus bel effet.

DU MÊME.

43. —   La Fontaine.

Un joli paysage vivement éclairé du soleil. A gauche s'élève un monument en ruines ; la droite du tableau est occupée par une fontaine en forme de fronton, à laquelle une laveuse trempe son linge. Une autre femme se dirige vers la fontaine avec un paquet sous le bras. Au loin s'étend une riante campagne à perte de vue.

ROBERT (Hubert).

44. —   Le Manoir.

Vue d'un vieux château délabré, avec terrasse à l'italienne et balustrades, et dont le perron est garni de vases de fleurs ; sur le devant un gentilhomme du temps de Louis XV monte un escalier de jardin et salue trois dames qui sont groupées sur la première marche ; à droite par une porte de parc en claire-voie, entre une fermière à cheval conduisant des moutons.

Pendant du précédent.

DU MÊME.

45. —   La Danse.

Dans un parc ombragé de hautes futaies et orné de statues, cinq personnes, hommes et femmes, dansent en rond avec beaucoup d'entrain et de plaisir. Le paysage est traité en décoration, mais il est profond et plein d'air.

ROEHN.

46. —   Intérieur.

Corps de garde où l'on voit des militaires en galanterie avec une jeune femme.

DU MÊME.

47. —   Pendant du précédent.

SPAENDONCK (Gérard Van).

48. — Vase de fleurs.

Magnifique bouquet de fleurs dans un vase posé sur un socle avec bas-relief; à gauche, une corbeille avec des roses ; à droite, un nid d'oiseaux sur lequel est posée la mère. L'exécution de ce morceau est extrêmement précieuse, la couleur en est si brillante, si fraîche, que Van Huysum lui-même n'a pas été plus loin.

SWEBACK (Des Fontaines).

49. — L'Hôtellerie.

Halte de cavaliers à la porte d'une hôtellerie. On y remarque un beau cheval blanc, ce tableau rappelle les ouvrages de Ph. Wouvermans, et nous pouvons dire que Sweback n'a jamais rien fait de pareil. Il est ici suave et flou, contrairement à son habitude.

DU MÊME.

50. — Marche d'artillerie.

Un homme et une femme sont assis sur une pièce de canon traînée par quatre chevaux.

DU MÊME.

51. — Bataille.

Scène de combat acharné entre des cavaliers.

SWEBACK (Des Fontaines).

52. —   L'Auberge.

Halte de voyageurs à la porte d'une auberge ; l'un d'eux est monté sur un cheval blanc.

TAUNAY.

53. —   La Bénédiction des troupeaux.

C'est un grand paysage de la campagne de Rome, dans le goût du Poussin ; des femmes dans le costume de Frascati, amènent des troupeaux que bénit un moine en habit blanc, debout sous un grand arbre ; d'autres moines, un cierge à la main, assistent à la cérémonie ; à gauche coule une rivière sur laquelle est un grand pont de pierre conduisant à une villa ; le nombre des animaux est considérable et l'on compte environ trente figures.

DU MÊME.

54. —   Un Hôpital militaire.

Le sujet principal est un grand chariot attelé de deux chevaux bais, sur lequel on amène un convoi de blessés ; un grand escalier conduit à l'ambulance, et déjà l'on y monte à bras les malades ; quelques infirmiers étendent du linge sur le perron. La scène se passe en Italie. Sur le premier plan, on remarque un officier supérieur en grand costume et quelques soldats fatigués ou malades assis sous un arbre. Ce morceau est d'une exécution très-soignée et de la meilleure qualité du maître.

TAUNAY.

55. —   Le Chemin rustique.

Dans un charmant paysage on voit une femme à cheval, un homme près d'elle, et une vache en avant sur une route.

DU MÊME.

56. —   Le retour à la ferme.

Un homme monté sur un cheval blanc précède un chariot traîné par deux chevaux, et suivi de moutons et de vaches.

DU MÊME.

57. —   Marche d'animaux.

On voit une fabrique au milieu d'un paysage montagneux que traversent des animaux en marche; peinture vive et attrayante comme celle des deux précédents tableaux.

DU MÊME.

58 et 59. —   Deux ovales en pendants.

Le premier représente un épisode de chasse : une dame élégante montée sur un cheval blanc, un gentilhomme en chapeau à plumes et son écuyer qui s'arrêtent pour se renseigner auprès d'un paysan qui leur montre la voie, et qui est debout sous un vieux tronc noueux; plus loin on aperçoit un âne et quelques moutons conduits par un rustre.

Le second est la vue d'une fontaine s'échappant de la base d'une colonne cannelée surmontée d'une statue. Un petit troupeau conduit par une paysanne à cheval vient s'y abreuver et des blanchisseuses y trempent leur linge; le fond est un paysage vaporeux d'un aspect charmant, dans le goût de Karel Dujardin.

TAUNAY.

60. —   Paysage boisé et bestiaux.

TAUREL.

61. —   Vue du Temple de Pœstum.

VERNET (JOSEPH).

62. —   Scène de tempête.

Les naufragés se réfugient sur des rochers.

DU MÊME.

63. —   Les Baigneuses.

On voit des baigneuses dans un endroit abrité par d'énor mes rochers formant voûte.

Ce tableau ressemble à celui qui appartenait au duc de Choiseul.

DU MÊME.

64. —   . Incendie d'un port.

VERNET (Genre de).

65. —   Les cascades.

A gauche du tableau, sur le devant, on voit des figures de pêcheurs ; des monuments s'élèvent sur des rochers. — Grande composition.

VERNET (Genre de).

66. — Marine. Effet de soleil couchant. Pendant
du précédent.

Un grand navire occupe le centre du tableau, et une quan-
tité de personnages, hommes et femmes, sont groupés sur le
rivage.

ÉCOLES HOLLANDAISE ET FLAMANDE.

BERKEYDEN.

67. —   La place du Dam à Amsterdam.

Le peintre a pris son point de vue de l'ancienne Maison du Poids public, de manière qu'il a eu à sa gauche l'ancien hôtel de ville (aujourd'hui le Palais royal) et devant lui l'Eglise Neuve ; sur la place on distingue beaucoup de petites figures bien posées, et qui donnent au tableau, juste le degré d'animation que peut avoir la vue d'une ville de Hollande. Ce morceau est parfait.

HEYDEN (Jean Van der).

68. —   Vue d'un quai de la ville d'Amsterdam.

Quelques arbres sont plantés devant des maisons à façades pittoresques, qui se reflètent merveilleusement dans le canal où l'on voit trois barques que l'on charge de marchandises et de tonneaux, et une quatrième plus petite avec un homme qui la conduit. Tout le monde connaît la rareté des ouvrages de Van der Heyden, les prix élevés qu'ils atteignent dans les ventes ; celui-ci est d'une finesse remarquable, et il est enrichi de délicieuses figures dues au pinceau délicat d'Adrien Vandevelde.

OMMEGANCK.

69. —   Animaux.

Vaches et moutons dans un paysage; à gauche on voit une métairie.

PETERNEEFS.

70. —   Intérieur de la Cathédrale d'Anvers.

La vue en est prise du bas de la grande nef qui fuit en perspective avec l'illusion que Peterneefs savait mettre dans ces sortes de tableaux; l'artiste a choisi le moment du sermon et groupé un grand nombre de figures autour de la chaire; peinture harmonieuse, malgré l'extrême précision de toutes les lignes de l'architecture.

TÉNIERS.

71. —   Le vieux château.

Dans un paysage accidenté de grands rochers, on voit un troupeau de moutons, des vaches et des canards; sur le devant, à gauche, un berger écoute un paysan assis, qui joue du flageolet; dans le haut, à droite, au-dessus des rochers, on distingue un vieux château qui paraît changé en métairie. Ce tableau est dans la manière vigoureuse de Téniers; la touche en est plutôt ferme que légère, et le paysage est d'un ton plus riche qu'à l'ordinaire.

TABLEAUX

PAR ET D'APRÈS DIFFÉRENTS MAITRES.

JAL (Signé).

72. — Intérieur d'un cellier visité par deux personnes.

PALAMÈDE (Genre de).

73. — Scène d'orgie.

ÉCOLE ITALIENNE.

74. — Un ange apporte une couronne à un martyr en prison ; un chien est près de lui.

ÉCOLE ALLEMANDE.

75. —   Portrait de femme.

VAN DER HEYDEN (D'après).

76. --   Vue de Ville hollandaise.

BLACKE (Signé).

77. —   Faisan, lièvre et accessoires.

KRAUS, 1785.

78. —   Deux tableaux représentant des danses suisses, des buveurs attablés et haltes de voyageurs devant des auberges.

DU MÊME.

79. —   Scènes d'intérieur de famille.

Deux pendants.

KLUYNE.

80. —   Deux marines.

Effets de temps calme.

PHILIPPE HACKERT, 1763 (Signé).

81. — Vue du palais de Caserte et de ses environs.

82. — Autre vue des environs de Naples.

WILLE FILS.

83. — Un vieillard conduit par ses enfants.

ÉCOLE DE GIRODET.

84. — Tête de Vierge.

TURPIN.

85. — Vue de Sion.

NIVARD DE NANCY, 1783.

86. — Vue d'un château.

DU MÊME.

87. — Vue d'un village.

LESUEUR (Signé).

88. — Paysage dans le genre du Claude.

ÉCOLE DE DAVID.

89. — Sujet biblique, grande composition traitée dans
le style du Poussin.

BARABAUD (Signé).

90. — Peinture sur porcelaine représentant
des perroquets.

91. — Sous ce numéro seront vendus plusieurs tableaux
et gravures non catalogués.

Paris.— Imprimé chez Bonaventure et Ducessois, 55, quai des Grands-Augustins